歌　集

分散和音

今井恵子

第１歌集文庫

目次

I　分散和音

初夏の風

吹き抜けの天窓　初夏の明るさをみたして誰も訪れぬ午後

ウィンドのシャツの帆船風はらみ夢売るごとし夕暮れの街

七月の明るき朝を愛するとワイシャツの肩束なす光

わが裸心見すかすごとき声ありて顔あげしとき舌かわきいき

パチンコのゴムひきしぼる子等の前標的として杭佇ちている

声あらくもの言いしとき崩れたる砂山のような心を抱く

気まぐれに餌を与えし野良犬が夕闇に来て白き尾を振る

そらしたる視線の先にひろびろと君のうしろの玻璃窓《はりど》が青し

簡潔に結論を言う主義主張もたざることも問われずにいて

日がたてば忘るるほどの悔恨と思いて駅の改札を出づ

窮極は泥をかぶらぬわれがいて海の日没などを語りぬ

喉を刺す魚の小骨を呑みこめず涙たまり来ひとりの卓に

さよならと受話器置きたる音のして関わりひとつ精算したり

留守中に届きし葉書に返事かき過剰の関わりまた身にまとう

謀られてまた謀りたる関わりも過ぎて花降る日暮れのごとし

形

眼には眼を力には力ことばには　触れあうものの形をさがす

墓を買う会話のかたえ夏まひる缶コーラさかさまに飲みほす

つきつめてゆけばうやむやになる心抱きてめぐりの夏を確かむ

水割りのまるき氷を噛み砕く敵をもたぬと批判されつつ

Uターン禁止の舗道走らせて互みに守りきふたつの心

決着をつけたき夏の午さがり花束ほどの会話せしのみ

コートの襟たてたるときの身のかたさ胸のあたりに悔しさしまう

指先の傷を吸いいつ突きつけて勝たん切り札のいちまいもなし

ゆうぐれの水の放てる韻律や窓閉ざすときわれをあふるる

ゆで卵殻むきゆけば冷えびえと裸心のごとく光をかえす

黒き傘ひらきていつより狭めたる視野かと思う駅までの舗道《みち》

ビルも樹も空へ伸びゆく人間の夢の色空の色秋の陽が降る

飲む水のおちゆく喉《のみど》春の闇ことばの花火しずかに開く

土にとどかず

海を見るような眼をわれに向け語れる言葉なべて詩となる

クラクション短く鳴らしわれを呼ぶフロントガラスに雨降らしつつ

淡水の濁れる面に釣られたる紅鱒の眼ほどのかなしみを持つ

暗緑の欅並木を帰り来ぬ若きわれらの血をさびしみて

レモンティー飲みほす午後を流れくる君の選びしヴァイオリン協奏曲

野をぬらす雨聴きおればたわむれの君の約束ふいにしたしき

恥らわず語る打算を聞きおれば今宵やさしき共犯をなす

急カーブ曲りて開けし視野にたつ欅大樹の影しずかなり

樹には樹の花には花の形ありて春雷のした肩抱かれいつ

麦畑に沿いて歩めり天へ向く麦穂の秩序に気おさるるまで

秋越えて母にやさしくなるわれの感傷もあり青春期すぐ

皿洗いおわりて母がひびかする爪を切る音灯の白き部屋

ことさらに高く笑いて水飲める人のかたえに送りたる午後

草なびく地平を指して駆けいしがゆきつかぬまま覚めし午睡か

蝶死にて雨に流されゆく朝こころの地平傾きはじむ

かつて火を噴きたる山を映しつつゆうべ湖面の水うちひびく

溶接の降りくる火花黄に青に輝きおれど土にとどかず

分散和音

笛の音ひろがりゆけばつつぬけの空あり人に待たるるごとし

手さぐりにドアのノブ押し開きたる春のわが部屋さらに闇濃き

ブレーキの音が裂きたる夜の舗道不意なるものの凝集はあり

言いきりて後に流るる旋律をききつつ人の才をおそれき

空と地のあわいの夢よ人の声あふるる春を回れ観覧車

水のように流るる言葉うつくしき〈おだてられたらおだてにのれよ〉

楽章の果てたるときの白き闇ことばを忘れし耳ふたつあり

論争の輪を離れ来し夕暮れに喉の渇きを告げる人なし

かの怒りに向わざること身をひきて関わらぬこと肩寒くあり

譲歩して守りたるもの何あると思えば人に倒れこみたき

それでも人間《ひと》を信ぜんと思う夕暮れの心に風の音のみ鳴れる

報われぬ労の地上にあることの美しきかな笛ふけば風

言えばさびしき言葉とならん向きあいて繰り返さるる旋律を聞く

同時には二つの音の鳴らぬこと笛ふけばわが歩みのごとし

議題のごとし

のっぴきならぬ空あり笛を鳴らす朝冬の枝先陽に洗わるる

誤算こそくきやかにあれ冬の朝霜も和音もきらきらとして

からみあう音のごとしも冬の朝磨きあげたる窓の乱反射

陽の下に島国の文字やわらかし遅れて届く春の絵葉書

陽を浴ぶる譜面台ゆっくり倒れゆき午後の旋律風ふくばかり

声のなき午後の教室春の陽が届きて光る休止符の意味

盈つるごとく過ぎ去るごとく床を這う春の夕闇チェロコンチェルト

さびしさは生の証と思うまでテレビの喜劇を見て笑いたる

傍らに煙草をふかす人のいて「……として」の位置問わるる真昼

強弁ののち靴音は去りゆきぬ陽溜りの卓明るきばかり

洪笑の輪にいてシャツの白きボタンとれしを思うつかのまなれど

春雷をききつつ窓に真向えばひとつ言葉の洗われてゆく

沛然と降り続きおり古びたる戦語りを灯の下に繰る

山鳩は終日鳴けり樹のいきれ山のいきれに苦しむごとく

あれもこれも問われずにいたし風わたり陽ざし明るき午後となりたる

直截の拒否の葉書よ卓に向き桃の果肉を両掌につつむ

後退を余儀なくされている午後の耳の熱さの悔しきばかり

孤を保つひとりひとりの曳く影の長さ見ていき夜のホームに

「話せばわかる」叫びて画面に映されし男は眉間を撃たれて死ねり

屹立の塔のようなりわが言葉ついに未着の春のエアメール

持ち越しの議題のごとし夕暮れを家まで人に送られしことも

風　音

中庸を得ていることの何か寂し降りそそぐ陽に涙わきくる

枝ぬれてしだるる夏の樹のかたえ余剰を背負う日も近からん

枯れてゆく草の自浄を思いおり風こうこうと天空に鳴る

羽ひろげ翔びゆく蝶を型どりし黒き文鎮を掌に載す

許されて今あるわれの立場かと人のやさしさ憎む夜の卓

何もいうな何もいうなと声のする泣いてしまえば済むかもしれぬ

夜の闇になれたる眼おしあてて枕のぬくみにしばらくはいる

ささいなる会話に己が領域をまもらんとして争える日か

開き直れと思いつつ頭《ず》よりシャワー浴び身の冷ゆるまで眼を閉ずる

春浅き川原の石よ陽を浴びてあたたかきかな掌にあり

醜きは心の弱さされど地に人間《ひと》の呼吸のぬくもりあふる

すがやかに裸心をさらすごと揺るる樹を渡る風やがて春なり

堰

新しき風生《あ》るる午後らくがきの船に寄る波父と見ていつ

嫁がざるわれと失意の父がいて日曜の部屋金魚泳がす

本当のことを言いたき唇を銀色の笛に押しあつるなり

さびしさは笑いの中より唐突に来ると知りたり宴たけてゆく

空に朱く月病むごとししなやかに嘘をつきたるわが舌のあり

ヘッドライト照らせる弧のなか猫走る危機にすばやき影ねたみおり

椅子の背にもたれて本の頁繰り身をまかせ得る論理を探す

手にもてば崩れる土の塊を子等がいくつも作る陽だまり

この土地《つち》に影曳きゆかん確かなる重さをもてばわが血のぬくし

透かし見ればあまた傷ありガラス器に天より秋陽の降り注ぎいて

朱き風景

父は地平母は夕焼けおぼろおぼろ生《あ》れそめし風われかもしれぬ
ちち母が生れし地《つち》ゆえわれも踏むそれだけのこと必然というは
きょう誰をおとしめたるやコートの襟に深々と沈めし顔の男は
地下鉄にゆられ広告見上げいつ午の揶揄など思い出されて

こぼしたるインクゆるゆる流れゆく春の夕暮れ冷えきたるらし

夕暮れの食卓のサラダ塩ふりて寡黙に人は食欲みたす

マッチすり煙草すぅ指おろしつつ火を愛すなど君は言いにき

濃みどりの森に照る陽の白く炎えて人恋しさが滝となる午後

肩すかしおそれしゆえに逃したる告白の春再びは来ず

鎮痛剤ハンドバッグに入れながら身に確かなる弱みを蔵《しま》う

溺るるほどの自負を持ちたし手袋を忘れきて寒きゆえならねども

真夜ふかくみぞおち痛くて飲める水コップにつきし指紋みており

サングラスかけて翳れる視野とおく風立つらしも雲はやくゆく

われは水われは木立ちよ夕茜させばたちまち朱き風景

海鳴りの記憶

好き　嫌い　心を花に占える少女のごとき午後をゆかしむ

潮騒と胸の鼓動の重なりを膚やきながら聴きいつ君と

君の胸銀に光れるペンダント南海の青乱反射する

傷つくをもって証とする稚《わか》さ今日をかぎりの君の後ろ背

ポエムポエムここに育てし思い出も消さん海見ゆるコーヒーの店

唇《くち》にあつるスプーンの熱にさとくいる客の帰りしのちの食卓

磨かれしコップにあらき光さし日ごと記憶は簡潔となる

前を行く他人《ひと》の背広のなつかしさいつの記憶か海鳴りのして

美しき誤算のごとし少女期に肩ならべ見し海の夕焼け

そして夏そして日没帆を巻きて沖のヨットは逆光に浮く

距　離

翔ばざれば見えぬ遠景見えざれば日々美しき朝焼けの海

棚に置く人形の視線追いゆけば夜の灯白きカーテン揺れる

窓にある樹々のさやぎと心との距離を思えり灯を消してまた

批判する声のみ高きひと日なり満員電車の広告見上ぐ

逃げようと言いくるる人の夢を見し午睡より覚めて風あてどなき

殺虫剤撒布ののちをしずもれる樹々のむこうに夕月あがる

＊

雑踏よりはじき出されし女ひとり掏摸の老婆が捕まりしとぞ

うずくまる掏摸に集まる鋭き視線罪の指弾を当然として

たちまちに群集の外へ置かれたる掏摸の老婆のスカートは揺れ

Ⅱ 能動

紅梅

鳥は空へ魚は水に帰れとぞ夕暮れの坂だれの言う声

やわらかき光浴びつつ紅梅は自らの高さに花かかげたり

雪降ると遠き瞳《め》をする人なれば白き原野をわれも持ちたし

瞑ればそこに深紅の光燃ゆ人よ激しくわが闇を奪え

指の長さ比べてたわいなき会話われら地上に濃き影を曳き

酔いてやさしき声伝えくる電話線寒夜の風に揺られておらん

無防備の膚に触れたし饒舌に語る言葉をうつむきて聞く

信ぜんと思いて寄れる肩がありて高層ビルの下歩むとき

抱きよせる男の力背にあれば途切れしことば夜の闇に鳴る

紅梅の匂う坂道過ぎて来ぬ弥生三月娶られんとす

信ずるは意志と言いたる人の貌ねむらんとして思い出されぬ

黙しつつ共に歩めり崖の下あらわなる土の断層見上ぐ

酔いゆきてくるくる回る灯の中に幾度も人を確かめていき

触れあえば互みに額の冷えており雪のあかとき夢語りせし

今日よりは妻と呼ばるる夜の明けを始発電車の遠くきこゆる

証

ふりむけばそこに証はあるごとし蒲公英は陽に花ひらきおり

抱かれて少し寂しき背なをもつ汚れしままの卓上の皿

意志にては解けぬこと多し妻としてわが愛憎を身にあふれしめよ

誰にでも言うだけ言わせかたわらにいつもにこやかに変らぬあなた

ねじ向けてわれを見せたき後ろ姿《で》の白きワイシャツ初夏の陽を浴び

結論は先に延ばさん灯の下に抱かれてわれの闇を確かむ

それぞれの過去を語りて眼を閉じぬ背中あわせに眠らんとして

瞑ればすべて追憶　彼も彼も遠ざかりゆくを白昼に耐う

会話なきひと日やさしく暮れゆきて夕刊の来る音あたたかし

待つことを妻の証と思いいるひとりの夜半に鳴る風の音

待てば長し日の暮れまでの空の色明るく暗く照り翳りする

終電車行きて音なき街となる芯痛きまで人を待ちおり

核心に触れざる人の胸のうちはかりつついるわれと気付きぬ

口づけを受くれば涙あふれたり痺るるまでに揺るるわが愛

志ききつつ苦し灯の下に芯の痛むを愛というべし

膚あたたかし

触れあえば膚あたたかし雪降れるあかとき人に胎動を告ぐ

身の裡に育ちゆくものあかときの闇に覚めたるわが肉を蹴り

縛りあう愛の一つか妊りてひとりとの距離のせばまりしこと

かたわらのぬくき腕《かいな》を確かめてあかとき落ちし眠りと思う

かたわらに規則正しき寝息する人よあかとき誰よりも近し

身のめぐり乳母車産着とふやしゆき寒の地上にわれら影曳く

午後よりの雪の気配に向きかえて風向計の矢先めぐれり

胎動のしきりなる朝身にこもる闇かぎりなく深まりてゆく

能　動

髪洗うためにかがみししばらくを胎児《こ》は幾度もわが肉を蹴る

産むという能動ひとつ選びたる春の夕べの光うつろう

含ませてしばらくをいる乳首なれば育てることのきらきらとして

草の実をはじきて及ぶ風ありてみどり児の髪を起す午後なり

弓なりの主張と思う抱きあげるまでを泣きたるみどり児の夏

乳を飲む児の眼に映れるわが顔を見ていて耐えず夏陽は及び

わが顔を認めて笑うみどり児に母たることを強いられている

転換をわれに強いたる命ありて無償といえば愛しさのくる

冬のガラス

関わりを狭めて生ききしわれと思い冬の朝のガラスを磨く

雨のなか疾走のバイクいきまきしわれの夜更けの洞に消えたり

誰のため捨てたる矜持と思わねど悔しき夜の明けはじめたり

立ち枯れの薔薇に向きつつ昼餉する思想はすべて〈かつて〉で括り

とりおとしし意味のごとくに思われて昨夜の夢の欠落部分

胡桃割る夕べの厨会話なきひと日のわれを確かめんとす

ねじふせし問いあり独り明かす夜の部屋に呟く愛唱歌一行

喪いしことの多くを想い出でてみどり児の寝顔を眺めいる午

輪郭をなくせし記憶の束ありと思いつつ未明土砂降りを聞く

焦点を結ばぬままの怒りありて所在なし吾児にガラガラを振る

酒くさき息吐きながらいねぎわに春近きことほっつりと言う

春の光こもりて流れゆく雲にこころ添わせてしばらくはおり

野に佇てば春の夕べのやさしさかわが曳く影をうやむやにする

絆

泣きやまぬ児が背にありて夕陽光かなしきまでにきわまりゆけり

洗濯機まわせば夫と児とわれの昨日が縺れ泡立ち絡む

挽回を図ることなど思いつつ児を抱きしまま落ちし眠りや

満足を自ら強いるごとき日々みどり児と夕べの湯につかりおり

浴槽をあふれゆく湯の音ひびく身の丈ほどの明日を願わん

ひたすらに乳を吸う児が上げし眼に紕されるごとし風鳴りやまず

愛というほどの確かさ欲しき夜ビルの向こうの星を見ている

呻くような声あげて寝返りうちし背のひろびろとして闇湛えおり

分ちもつ生と思えばぬくもりの残る黒き靴膝折りて揃う

帰りきて夜の冷気をまとわせる夫がけだるくネクタイほどく

*

母と子の影踏みの影かさなりて夕茜道帰りゆきたり

つぶてのごとく

もっと深くもっと高くと呟きて春の夕暮れ駅までを歩く

声とならず行為とならず頭の奥をつぶてのごとき言葉流れて

深夜夫と長距離電話に交したる言葉のいくつ意味をもたざる

自らの影探すごとき一日と思う灯の下に爪を切りつつ

児の口に小さき前歯はえそめぬ生きて物食むことのさびしさ

皿の破片集める指に滲みたる赤きを吸えばなまあたたかき

胸底を逃げ水はしる窓ガラス音たてて拭く陽の白き午後

まず深く眠りて後に考えんと児を抱く腕の重さに耐うる

今日の仕事の心踊りを語りいる深夜の夫のふと憎くあり

夫と児と持てば撓めし意志ありと母に告げたる受話器を置きぬ

人を責めわれを責めつついる夜の頬あり誰も打ちてはくれぬ

確信となり得ぬ言葉去りゆかず夜更け冷えゆく後頭部あり

消息

乱れ咲く花見上げたるみどり児の不安げな眼を埋めいる白

夕暮れの桜満開　名を呼びて抱きよせたき係累のあり

夫と児とわれと見上ぐる枝揺れて花散りそめぬ夕闇の地に

背を見せて佇ちいる夫とわれの間に幾千万の白き花舞う

眠りつきし児の頭の花びら払いたるわれの掌風にさらしぬ

＊

降りしきる花の記憶もうすれゆきいずれの地にて娶りたるとや

消息の絶えたるその後それぞれに子をなすという友のいくたり

ベランダのサボテンの鉢に水注ぐ鋭く怒ることなくて一年

夢ひとつなくせし春と思いおり厨の隅に馬鈴薯芽ぶく

志弱まりし身に浴びる湯の音まなうらの闇に消えたり

汗におうシャツの幾枚洗わんと昨日の夜の残り湯を汲む

児の声に引き戻されて午さがり切れぎれの言葉裡に鳴り継ぐ

夕暮れて灯ともりそめて窓に動く人の輪郭くきやかになる

皿の裏側

育てると言えば不遜のひびきにて歩きそめたる児の白き帽

燕飛ぶ夕暮れの街児を抱けば未練のごとし喉の渇きは

児を連れて夕べ舗道の冷えを踏む買物籠に塩は重たく

人の胸に泣きたき夜と思いおればわれより先に児の泣き始む

見おろしの空地に止まれる車かぞえ数え了えずにやめたる真昼

風向きの変わればかわりし風に沿う生もあるべし樹は揺れやまず

身にまとう空気しめりていることも成り行きとして肯わんのみ

金魚鉢洗う午すぎ胸熱く酔いて語らんことも今なし

背伸びしてようやく見ゆる児の視界テーブルの上の皿の裏側

水のごとき

川となり流れゆく水方向を持てる力を夕べ見て佇つ

あふれきて闇に吸われて消えたるを水のごときと告げて眠れり

通り雨すぎし往来人の身に金属ガラスきらきらひかる

帰りきて靴脱ぐときのわが貌にあらわれて消えし表情ならん

帳尻をあわせるごとく二つ三つ交せし言葉互みに忘る

角とけて丸くなりたる氷ひとつ言葉とぎれし舌先に載す

語り了えて批判されたし雑踏を見おろせる窓　水を飲みほす

客去りて灰皿洗う夜の厨きょうの会話のおおかた忘る

忘るるを恐れずなれり夏へ向うわがこのごろは鮮明を欠く

ひとりごと言いしに気付き見上げたる六月の空雨の気配す

赤き風船

明けそめて星の残れる空のした単身赴任の夫送り出す

会話なきわが一日の虚勢にて水しぶかせて米を研ぎおり

語りあうことのぬくもりに思い及ぶひとりに馴れて向う食卓

灯ともしてひとりの部屋に売り出しの赤き風船ときおり動く

まどろみのなか企てし逃走か汗にぬれたる髪をかきあぐ

雨を吸う土の渇きを思いおりあかとき毛布を引き寄せながら

＊

鳥一羽飛びゆく空を示しつつ秋陽の中に児を立たせやる

言　葉

月のひかり冷たき地上夜の底いまだ己れの言葉に会わず

ふわふわとわれを過ぎゆく言葉なり夕闇が来て終止符をうつ

夢にまた捜査願いのわれを追うわれがいて共に言葉をもたず

満員の電車に揺られ目を閉じぬ逃れきりたるごとき安堵感

爪切りし夜の指もてかたわらに眠る額に疑問符を書く

萩の花こぼるるところ遊ぶ児にあからさまなる陽は降りそそぐ

新しき言葉覚えて汝の負う苦き未来に続ける空か

人眠る夜半記憶をたどりゆき熱き言葉のひとつもあらず

Ⅲ　水の波紋

喉の渇き

混血の少女の黒き膚の色つらき土地《つち》ならん祖国というは

夕焼けとヘッセとサラダが好きという少女の夢を肩並べ聞く

朝の電車に並ぶ表情なき貌が都市の組織へくみこまれゆく

さびしさを知りてよりかの少年が武器となしたる〈反抗〉〈非行〉

カーラジオ低く流るる夜の街バックミラーにビルの灯がとぶ

揺られいる帰途の車窓の汚れより不透明なる憎しみを持つ

地下鉄の長き階段のぼりきて喉の渇きの中の夕暮れ

争いの会話聴きつつ夜の電車ひそかなる客観の奢りにいたり

地下街のまばゆき夜を歩きたり人いきれするふるさと東京

嘘つくに巧みな少年責められて額あげておりドア閉ずるまで

ビルのむこう日暮れて俄かに風寒し抱きすくめられたき背を持ちている

水の波紋

暮れかかる欅を抜けてゆく風かとぎれとぎれの口笛に似て

落葉をきそいて日々に空広し朝光のした身を固くする

目を見ればわかると言われ恐ろしく夜ふけ目だけを鏡にうつす

磨かれて続く廊下に残りいるわが足跡は冷えいるらしも

枕辺に水の流るる音のして夢の中にも時過ぎてゆく

わが思い背負える言葉つきぬけて走れ碧の空の果てまで

長すぎる鶴の首吹く寒き風きょうも明日も晒されていん

誰を待つ慕情ならねど風わたる草原に満つる秋の明るさ

詩とはならぬ言葉かかえてまぎれこむ雑踏はなきや秋深き日に

見られたくなき貌を持ち帰り来て笑う門前のわがリハーサル

色どりの乏しき部屋に目覚めおり何というなき足音を待ち

カーボンに汚れし指をひたしつつ水の波紋を数えていたり

核心に触れえぬふたりたわいなき会話を交す坂くだりつつ

欅ふく風に笛の音まじりきて空あらたなり秋の朝は

落伍者といわれて歩く夕舗道背よりも高く石垣続く

やわらかき雪の積れる朝の窓揺れて流るる光眼に追う

風わたり日ごと黄を増す秋草の薄暮にもはや返らぬ言葉

額あげて真向うほどの憎しみも持たざり今日も背なを見送る

はるかなる空の中処をわれに指しひばりの位置を示す少年

境遇に同化せよとう言葉吐き男の酒は荒れてゆきたり

鏡

卓に置くレモンに夕陽とどく頃まどろみてなお樹々のざわめき

鋭き視線もてるひとりと会わんため粧う朝の鏡しずけし

窓の外みえる角度に置く鏡けさは重たき春の雪うつす

春の雪うしろに降らせて見る鏡いかに粧わん君に会う日は

覚めてなお白き残像ワイシャツの後ろ姿か海を見し日の

くちなしの花束におう部屋なりき海に向える窓の記憶よ

水かさを増して濁れる川に来て人には見せぬ貌に雨受く

空　缶

夕茜さしてさざ波ひかる川何に気づきて乱れたつ鳥

つぶされし空缶ひとつ流れゆき尾花の川原夕照り長し

前言をとり消すわれの身の軽さゆずらぬ一線というを持たざる

つば広き帽子を買いぬあるときは狭き視界に身を置かんため

浅き眠り覚めし朝の床におりのっぴきならぬ今日に向きつつ

水禽の水うつ音よ飛び去りし翼というが羨しき春よ

雨あがり土におう森の位置あらた若者われが窓とざすとき

かなたより潮のみつるを待つごとく耐えてひと日の落日に逢う

熱きコーヒー

一杯のビールのゆえか従順に古き倫理を頷きており
覚めてなお消えぬ増悪のくやしさか朝に熱きコーヒーを飲む
憎しみに震えて眠る夢の中ひとの掌みな汚れいき
充たされぬ疲労の果てのもの思い夢にいくたび人をあやめし

背伸びして物言うことをいつの日に覚えしわれか聞き耳たてる

捨てきれぬ矜持と自責きりきりとみぞおち痛し水飲みてなお

若きらと言われて唄う宴の席われも放恣の類型ならん

叫んでもどうともならぬ空がありそ知らぬ顔がかたわらに立つ

ゆっくりと形を崩し流れたる雲の白さに拒まれていき

＊

男らの汗の滴の美しき真昼打ち込む杭の幾本

木の香して家というもの組まれゆく柱ばかりのすがすがしさよ

梁太く空に組まれてゆく夕べとびの男ら汗をぬぐえり

春の楽章

牧童の午睡のごとき息をして眠れる君のワイシャツの白

あたたかき雨の降りつぐ窓見おりわれらスープをすくう午すぎ

地下街をのぼりて春のゆうやみの深きに足を踏みそこないし

少年が春の夕べを鳴らしいるハーモニカ辛夷の花越えてくる

人間のさびしき耳のかたちして辛夷の蕾風にふるえる

枝高く花を開けり朝の辛夷空の和音を聴きいるごとし

音律の激しきピアノ　かき鳴らす指のつまずきゆうやみの来る

目薬をさすとき見ゆる虹ありて壁に地平の円弧を描く

足下よりわくゆうやみに吸われゆく明日を語りいし饒舌も

遠来の客待つごとく向う卓コーヒーカップ陽に洗わるる

初秋

風船をとばすに似たりためらいの後ひとりへとダイヤルまわす

風たてば人恋しさに駆けてきぬ浜の夕暮れだあれもいない

陽に向きて閉ずるまなぶた頭《ず》の奥の遠き日の夢燃えつきており

ゆるやかに夕雲ひとつ流れたり何に執して佇むわれか

変声期むかえし少年帰りゆき池の面静かに校舎うつせり

吊り革を摑みつつおり背に鈍き傷みを負いて帰る地下鉄

暮れやすき秋の一日紺色の車窓に映るわが顔わが悔い

帰りきて灯せば真向う顔があり縁の欠けたる形見の額に

ひとりの死のかくひそやかにわれを充たし今宵形見の歳時記を繰る

額に照る午後の陽ざしのさびしさや初秋眼裏白き風吹く

吹かれつつ祖母のたずねし山川を見に旅立たん祖母逝きたれば

流るるという潔き言葉ありはがき一枚届きしゆうべ

感　傷

遠くなるたびに見えくる風景の欅はいつも風に吹かるる

波を背に真昼掘りゆく砂遊び浜に小さき闇さがしいき

水寒き朝とならん顔洗う背にひそかなる秋迫りきて

月光の白き草はら風ゆけばますます遠きふるさとの母

幾度か仰ぎし欅も芽ぶきいん月白き原に影をつくりて

＊

ゆったりと寄せては光る川の波単調に午の眠りをさそう

川岸の春のひかりがけだるくて鳥は空へと翼むけしや

電車待つホームの少年足長し風は五月の樹々より来たる

芽ぶきゆく樹々にまぶしき朝の光われはわずかに今日を気負えり

夢

頭《ず》をたれて本読む少年学ぶとはかくしずかなり午後の図書室

〈反省の色が見えない〉〈反省の色はなにいろ〉教師と少年

泣いてすむこと美しと初夏《はつ》のおかっぱ頭の涙みており

音たてて水飲む少年声かけしわれに鋭く眉をあげたり

踏み出してしまいし一歩の距離があり隊列の外に少年はいて

灯が白く壁におつる夜母もわれも遠き電車の音聞いている

ひとはみな自己より長き影もちて日暮れの坂の往来いそぐ

ガラス窓隔てて夕焼け消えゆくを見ていきいつも見るだけの位置

少年が死を言う声の明るくて短く影を曳く午さがり

スプリンクラーまわれる午前校塔の鳩の交尾もきらめくごとし

離職

すねし眼をわれに向けくる少年を母にあらねば諭したるのみ

声荒げゆくとき風をきくごとし少年の非を問いただしいて

少年は細き背中をたわめつつ水の面に挑まんとする

ピストルに破れし緊迫ジャンプして膚いっせいに水と触れあう

ジャンプして始まる競技ししむらに鋭く熱き喚声あがる

いずれにも帰属せざるやくろぐろと羽をひろげて鳴く夕鴉

見上ぐればそこに風ふく空の色とどかぬ位置を占めて輝く

仰ぎつつ才を願いき風ゆきて稚《わか》かりしかな指熱くいる

再び は為すこともなし生徒らに答案を返し教室を出る

おそらくは待つことのみを性《さが》とする生活《たつき》とならん今日職を捨つ

誰のため捨てたる職にあらねども身のいずこにか水こぼれおり

職捨てて来しこと不覚のごとくいる街を見下す窓辺に抱かれ

跋

武川忠一

集の中のもっとも初期の作、「水の波紋」の章には、たとえば、

前言をとり消すわれの身の軽さゆずらぬ一線というを持たざる
つば広き帽子を買いぬあるときは狭き視界に身を置かんため

などの作がある。若々しい歌だ。しかし、すでに、今井恵子さんらしい歌である。どういうときも、自己のありようを意識しているのが、この作者の特色であるようだ。しかも、一首目でいえば、「身の軽さ」などといい、「ゆずらぬ一線というを持たざる」などと、さらっといいながら、実は自己を見る眼は分析的で、自分自身と覚めて向き合っている。このように知的で、分析的な発想はどちらかといえば、若い女性の歌には珍しいというのが、いままでの常識といえよう。

二首目は、さらにさまざまなことを思わせる。まず一つは、自分を位置づける空間を意識していることである。「つば広き帽子」を、いくらかの心躍りもあって買

ったのだろう。その心躍りそのものを作者は歌うことはしない。「あるときは狭き視界に身を置かんため」と歌う。もっとも、「狭き視界」に身を置こうとするためになどといいながら、作者は、深刻ではない。いくらか楽しげでもある。そう思わせる若さがこの一首にはある。さらにもう一ついえば、まことにさりげなくいいながら、われわれの日常は、たとえば視界にいやでもはいりこむ情報過多の日常であり、「狭き視界」とは反対に、うんざりするような広き視界を強制されているなどと思わせるのが、この作の世界ともいえよう。それを必要以上面だてないで表現する感性が、この作者らしいところである。

わたしは、知的で分析的な作を、作歌への出発のころから持つのは、いままでの女性には珍しいと述べたが、この特色の延長として、割合はやいころから、右の作のように、自己を他者との関係の中で位置づけることをもなし得ている。それらを合わせて、思惟的であり、思索的であるのがまずこの作者の一面であろう。

もっとも、こういう理知の陰影を帯びている作、自他を見とおしているような作だけが今井さんのすべてでないのは、いうまでもない。

「分散和音」の章から、

譲歩して守りたるもの何あると思えば人に倒れこみたき
何もいうな何もいうなと声のする泣いてしまえば済むかもしれぬ
春浅き川原の石よ陽を浴びてあたたかきかな掌にあり
父は地平母は夕焼けおぼろおぼろ生《あ》れそめし風われかもしれぬ
唇《くち》にあつるスプーンの熱にさとくいる客の帰りしのちの食卓
ウィンドのシャツの帆船風はらみ夢売るごとし夕暮れの街
眼には眼を力には力ことばには　触れあうものの形をさがす
つきつめてゆけばうやむやになる心抱きてめぐりの夏を確かむ

意欲的だという意味では、集の題名ともなった一連などから、あげるべきかもしれない。今は比較的のびやかに、作者らしい感性の見える作をあげた。いってしまえば、むしろ作者が、弱味さえもかくさない種類の作をあげたといってもよい。これらの作の、まことに無類に端的に自己とむき合っている柔軟な感性には、どこか骨太なものがある。内から溢れるものが、おのずから獲得した、とくに一、二、四、七首目などの文体の自在さなど、現代短歌の歩みの中の作者を思わせる。

もちろん、こういう作にも、たとえば、八首目の作のような、知的把握があるのはいうまでもない。そうしてこの「分散和音」の章には、意欲的なだけに、いくらか観念の先行する作がないわけではない。しかし、そういう作も、誇張して飾りたてるようなところのない、すべてまともに対象とむき合っている作であることを、わたしは改めて思うのである。

さて「能動」の章、

酔いてやさしき声伝えくる電話線寒夜の風に揺られておらん
かたわらのぬくき腕《かいな》を確かめてあかとき落ちし眠りと思う
身のめぐり乳母車産着とふやしゆき寒の地上にわれら影曳く

というように、結婚という生活の変化にともなって、ときほぐれるように、無理なく生活の実体が、詩にいかされることになっていき、それとともに生の陰影を加えていく。

電話線が、「寒夜の風に揺られておらん」とか、かたわらの「ぬくき腕」を確かめて眠るとか、身のめぐりに「乳母車産着とふやしゆき」といって、地上に「われら影曳く」という気息の中には、何よりも作品としての、ことばと心の、おのずからの解放がある。

立ち枯れの薔薇に向きつつ昼餉する思想はすべて〈かつて〉で括り
輪郭をなくせし記憶の束ありと思いつつ未明土砂降りを聞く
挽回を図ることなど思いつつ児を抱きしまま落ちし眠りや
浴槽をあふれゆく湯の音ひびく身の丈ほどの明日を願わん

順直な現実の受容に心を解いた後に、今井さんは、間もなく右のような作を重ねる。わたしは、これらの作を重く見たい。ほぼ、こういうところに、今井さんの現在があるのだろう。うかうかすれば、日常に埋没しそうになる。日常という怪物の重さがまさしく実体となって迫り、そこを場として過ごしている生活者の作である。そこから、すべてを見つめ、考えるより仕方ないという確認が、これらの作を生んでいる。そうして、そういう生活が、いやでも重なっていくところに、あるときは、きりきり舞いせざるを得ない。

人の胸に泣きたき夜と思いおればわれより先に児の泣き始む

見おろしの空地に止まれる車かぞえ数え了えずにやめたる真昼
風向きの変わればかわりし風に沿う生もあるべし樹は揺れやまず
背伸びしてようやく見ゆる児の視界テーブルの上の皿の裏側
　あふれきて闇に吸われて消えたるを水のごときと告げて眠れり

などの作には、洞察のおくに、ある種の自己放下のおもしろさやユーモアさえもにじむ。そうして、たとえば「あふれきて」の歌のように、自己の中の「時間」、時間の推移が確められているような作が、こういう形で歌われてきていることに注目する。

今井さんは、「あとがき」で、まずことばについて述べる。「依然として言葉に対するもやもやとした思いを引きずっている」といいながらも、きわめて明確に、「短歌という表現形式を知ってからは、それ以前よりは言葉が生きたものとして感じられるようになったし、言葉に対して能動的な姿勢を保つことができるようになったと思う」と書いている。ことばに対する能動的な姿勢は、歌に対する能動的姿勢と深くかかわっているだろう。

　　月のひかり冷たき地上夜の底いまだ己れの言葉に会わず

　時には今井さんは、こんな風にも歌う。しかし、この集を読む読者は、今井さんは、今井さんのことばと出合ったことを、誰もが認め、祝福するに違いない。そうして、まだ、「己れの言葉」に出合わないと歌う今井さんを、ことばへの、今後の歌への決意として、わたしは読む。

あとがき

それまで無自覚に読みとばしていた活字が急に重苦しく感じられるようになり、言葉に抵抗感を持ったのは、高校の頃だったと思う。学園紛争が続いていた大学での毎日を、私はなす術もなく、言葉にこだわりながら鬱々としていた。自分の中のこだわりがどういう種類のものか、どこへ持っていけば解消されるのか、世の中にどのような関連の書物があるのか、皆目見当もつかず、またそのための何の行動もとらなかった。言葉を話すことさえ億劫になって、ひたすら閉じこもっていたこともあった。クラスメートの文学論議や文学の授業が、とても明るく眩しいものに感じられた。あれからもう十年以上もたった。

短歌を作るようになったのは、私が言葉に対してとった唯一の行動だった。しかし思いかえしてみると、怠惰な私は、作歌を通じて、正面から言葉と向きあったようにも、言葉への問題を深め得たようにも思えない。依然として言葉に対する言いようのないもやもやとした思いを引きずっている。ただ、短歌という表現形式を知ってからは、それ以前よりは言葉が生きたものとして感じられるようになったし、言葉に対して能動的な姿勢を保つことができるようになったと思う。

卒業後中学校教員となり、結婚と同時に退職して子をなした。世間によくあるコースをたどったことになるが、私は実に多くのことを得てきた、と今さらながらに思う。身のまわりに生活の諸々がまといついていくにつれて、生活は煩雑になったが、同時に生に対して興味を覚えることも多くなった。そうした中で、私の言葉への思いもわずかずつ地に近いところへ引きおろされてきたようだ。戸籍の変化に伴って短歌の作者としても改姓したのも、己れの言葉の一部分にいつも実生活の影を担わせておこうという、ひそかな思いがあったためである。

この集は、四十九年から五十九年の十年間の作品から集めたもので、初期のものと教員生活を素材としたものを第三部とし、第一部と第二部はほぼ順年とした。編むにあたり配列は組みかえた。

十年間という長さに対して、私の作歌はたどたどとした歩みであるが、多くの方々に励まされ支えられてここに至ったことを思うと感慨深い。窪田章一郎先生には「まひる野」入会以来あたたかく見守っていただいた。武川忠一先生には、作歌の第一歩から「音」での今日にいたるまで、常に身にあまる励ましの言葉と厳しく的確な批評をいただいてきた。この集を編むにあたっても多くの助言をいただいたうえに、文章までもお願いすることができ、この上ない喜びである。玉井清弘、桜井康雄の両氏をはじめとする「音」の方々にもなみなみならぬお世話をいただいた。また、出版を快く引きうけてくださった不識書院の中静勇氏には大変お世話になった。記して心よりお礼を申し上げたい。

関東地方に記録的に降った今年の雪が、積み上げられ、汚れていた団地の北側の植え込みにも、沈丁花の香が漂う季節となった。

昭和五十九年四月

今井恵子

解説　芳醇なる子育ての歌

米倉　歩

『分散和音』が出版されたのは一九八四年、今井が三十二歳の時である。作歌を始めてから歌集を出すまでの十年の間に、今井は大学を卒業して教職に就き、結婚、出産、子育てと、人生の節目となるようなイベントを次々に経験している。それを反映して歌集にも多様なモチーフを持った歌が収められている。

中庸を得ていることの何か寂し降りそそぐ陽に涙わきくる
後退を余儀なくされている午後の耳の熱さの悔しきばかり

初期の歌である。職場の人間関係において様々な軋轢があったことは想像されるものの、何があったのかは一切わからない。当時の今井の歌の特色の一つとして挙げられるのが、漢語の多用と具体的事実の捨象である。「中庸を得ている」「後退を余儀なくされている」という表現で事実は後退し、ふがいない自分に対する自責の念や燃えるような悔しさといった、その時の心の痛みが際立つように歌われている。

暗緑の欅並木を帰り来ぬ若きわれらの血をさびしみて
恥らわず語る打算を聞きおれば今宵やさしき共犯をなす

相聞歌といってよいのだろう。「暗緑の欅並木」で心象を暗示し「打算」「共犯」といった漢語で事実をぼかしつつ、全体として若い恋の不安と高揚感が表現されている。これは事実をあからさまに歌うことを潔しとしない今井の美意識の反映であると思うのだが、こうした美意識と漢語の持つ抽象性、観念性は極めて相性が良い。

頭《ず》をたれて本読む少年学ぶとはかくしずかなり午後の図書室

泣いてすむこと美しと初夏《はつ》のおかっぱ頭の涙みており

生徒のスケッチであるが、これらにしても歌の眼目は少年や少女の描写そのものというより「学ぶとはかくしずかなり」「泣いてすむこと美し」といった今井の発見した「真理」の方にある。当時の今井にとって、短歌とは単に自らの経験を歌うものではなく、それを突き抜けた普遍や真理へ至る道として考えられていたようだ。

今井は「あとがき」の中で、短歌を知ってから長い間抱えてきた言葉への抵抗感が薄れ、言葉が生きたものとして感じられるようになったと語っているが、それは、それまで外部から押しつけられる言葉の前に受動的であり続けた、つまり「定義される」側であった今井が、短歌を詠むことで初めて「我、かく思う」という形で世界と対峙し、逆に世界を「定義する」力を手にしたことを意味しているのだろう。

本歌集の中心をなすと思われるのが、結婚後の歌を収めた第二章「能動」である。

終電車行きて音なき街となる芯痛きまで人を待ちおり
口づけを受くれば涙あふれたり痺るるまでに揺るるわが愛
結論は先に延ばさん灯の下に抱かれてわれの闇を確かむ
胎動のしきりなる朝身にこもる闇かぎりなく深まりてゆく

ここに歌われているのは甘い新婚生活などとはほど遠い、自分でも持てあましてしまうような一筋縄ではいかない愛情である。そしてそれは「芯痛きまで」「痺るるまでに」というように、これまでには見られなかった「体感」を通して表現される。あるいはまた三、四首目のように夫や子どもという「他者」を通して、自らの内に「闇」が、すなわち不可知の領域が存在することを発見する。結婚、妊娠を経て今井の自己認識が深まり、それにつれて自らの身体性に根差した表現が模索され、歌がダイナミックに変わっていった様が見てとれる。そして「能動」の中でも白眉と思われるのが、子育ての中から生まれた歌群である。

含ませてしばらくをいる乳首なれば育てることのきらきらとして
弓なりの主張と思う抱きあげるまでを泣きたるみどり児の夏

赤ん坊の歌である。「育てることのきらきらとして」「弓なりの主張」という今井ならではの知的かつ直観に優れた表現から、授乳の喜びとみどりごの豪快な泣きっぷりが伝わってくる。しかし、子育てからこれまでになかった新鮮な驚きや喜びを受け取る一方で、今井の意識はその喜びの奥にある、何かいわく言いがたい鬱屈に突き当たってしまうようである。

焦点を結ばぬままの怒りありて所在なし吾児にガラガラを振る

満足を自ら強いるごとき日々みどり児と夕べの湯につかりおり

挽回を図ることなど思いつつ児を抱きしまま落ちし眠りや

「焦点を結ばぬままの怒り」、「満足を自ら強いる」「挽回を図る」と、母親としての日常に安息する自分へのいら立ち、焦りが表明されている。子育てに奮闘しつつ、なお母親という役割からはみ出してしまう「自分」がいる。そのこだわりに苦しむ女性の姿が見えてくる。歌は感情や思念をむき出しにすることなく、「ガラガラを振る」「湯につかりおり」「児を抱きしまま（落ちし眠りや）」と、下句に必ずそれらを受ける「動作」が配されている。この結果、所作のなかにおのずと心情がにじむような抑制のきいた歌になっている。この辺りの今井の力量にはたしかなものがある。

野に佇てば春の夕べのやさしさかわが曳く影をうやむやにする

夕暮れの桜満開　名を呼びて抱きよせたき係累のあり

これらの歌に見られる心情はさらに複雑である。「春の夕べ」のような平穏な暮らしを慈しむ一方で、「わが曳く影をうやむやにする」と、自分というものがなくなってしまうような不安を覚える。また「係累」という素っ気ない言い方で突き放しておきながら「名を呼びて抱きよせたき」と、切ないまでの愛しさを吐露する。こうした子へのアンビバレントな思いが、今井の子どもの歌のひとつの特徴と言えるだろう。わが子を歌おうとすると、子への愛情と自分らしく生きたいという願いとに引き裂かれている自分に逢着してしまう。その葛藤が歌に独特の陰影を与える。

　鳥一羽飛びゆく空を示しつつ秋陽の中に児を立たせやる
　川となり流れゆく水方向を持てる力を夕べ見て佇つ

「能動」の終りの方に置かれた歌だ。「秋陽の中に児を立たせやる」の、母親として生きることを全肯定するような晴れやかさ。そして川の流れを「方向を持てる力」と見切った直観の冴えと「夕べ見て佇つ」に込められた自己実現への強い意志。ここには、母親として生きることと自分らしく生きることを二つながらに実現しようとする眩しい女性の姿がある。

　最後に、『分散和音』というタイトルは何に由来するのであろうか。歌集には「分散和音」が出てくる歌は見当たらないものの、次のような歌が目に留まる。

同時には二つの音の鳴らぬこと笛ふけばわが歩みのごとし

歌の中に時折出てくる「笛」はフルートのことだろう。ピアノのように一度に複数の音を出すことができないフルートは、和音を奏でようとすればアルペジオ、すなわち分散和音の形で奏でるしかない。今井は、この一度に一つの音しか出せないという点に、自らの不器用な生き方を重ねているようだ。そこにはまた、不器用ながらいつの時も自らの意志で選び取ってきたこれまでの人生を振り返り、分散和音のように変化と色彩に富んだその人生を肯う気持ちが込められているのだろう。

『分散和音』に表現された、結婚や子育てを巡る女性の葛藤は、歌集誕生から三十余年経った今も色褪せることはない。普遍的なテーマを熟達した技法で詠んだ今井の芳醇な子育ての歌が、ひいては『分散和音』の歌たちが、多くの人に読まれることを願う一人である。

今井恵子略年譜

昭和27年（一九五二）　0歳
一月、東京都世田谷区下馬町に木村正治と佐知子の二女として生まれる。父母ともに小学校教諭。姉は前年に死去。

昭和30年（一九五五）　3歳
五月、弟、正宜誕生。

昭和31年（一九五六）　4歳
四月、世田谷連隊跡地にできた「おともだち幼稚園」に入園。

昭和33年（一九五八）　6歳
四月、世田谷区立旭小学校入学。ピアノを習う。

昭和35年（一九六〇）　8歳
五月、三鷹市牟礼（現、三鷹市井の頭）に転居。三鷹市立第五小学校に転入。

昭和39年（一九六四）　12歳
四月、私立成蹊中学校に入学。書道部で書家の足達天山先生に、美術の授業で洋画家の読谷山朝典先生に出会い、創作に興味を深める。父の影響で、五味川純平、石川達三、野間宏など濫読。

昭和42年（一九六七）　15歳
四月、私立成蹊高校入学。女子バレーボール部でチームワークの楽しさを体験。藤本吉彦先生に歴史意識を学ぶ。この頃、言葉の伝達機能について考え始める。

昭和45年（一九七〇）　18歳
四月、早稲田大学教育学部国語国文学科入学。授業料値上げ反対と七〇年安保闘争のためしばしばロックアウトとなり不安定な日々が過ぎる。三島由紀夫割腹ののち、友人谷口恵美と奈良明日香を歩く。

昭和48年（一九七三）　21歳
二月、言語学的関心から、言葉の機能を探るため「まひる野」に入会し作歌を試みる。東京歌会で武川忠一先生に出会う。大学では中野幸一先生の研究室で、毎週物語の影印本を読んだ。八月、級友、朝比奈洋子と九州一周旅行。

昭和49年（一九七四） 22歳

三月、早稲田大学教育学部国語国文学科卒業。卒論は、梶原正昭先生の指導で「今昔物語集の武士説話」。説話の伝承過程で、あらたな物語の生成や別の話へと変化するさまを追い、後の戦記物語への萌芽を探った。四月、同国語国文学専攻科入学。大妻中野高等学校非常勤講師。この頃、窪田章一郎先生、武川先生宅で「まひる野」の編集事務を手伝う。馬場あき子、川口常孝、篠弘などの影響を受ける。

昭和50年（一九七五） 23歳

三月、早稲田大学国語国文学専攻科修了。四月、江戸川区立葛西第三中学校国語科教諭。この年、国立市中へ転居。

昭和51年（一九七六） 24歳

四月、昭島市立拝島中学へ転任。フルートを習う。八月、「まひる野」賞。友人とハワイへ、はじめての海外旅行。

昭和52年（一九七七） 25歳

第二十三回角川短歌賞次席。

昭和56年（一九八一） 29歳

三月、今井嘉文と結婚し退職。横浜市緑区荏田北のアパートに住む。筆名を木村恵子から今井恵子に変更。

昭和57年（一九八二） 30歳

三月、長女、康子誕生。三月に「まひる野」を退会し、四月より「音」の創刊に参加。七月、横浜市旭区若葉台に転居。九月、諏訪にて「音」第一回全国大会。

昭和58年（一九八三） 31歳

六十二年八月まで、夫、単身赴任。

昭和59年（一九八四） 32歳

十一月、第一歌集『分散和音』（不識書院）刊。

昭和60年（一九八五） 33歳

五月、東京都教育会館にて『分散和音』批評会。

昭和61年（一九八六） 34歳

この年、横浜市立若葉台西中学校校歌を作詞（西中は二〇〇七年度をもって廃校）。

昭和62年（一九八七）　35歳
八月、埼玉県鴻巣市赤見台に転居。十一月、二女、旭子誕生。

平成2年（一九九〇）　38歳
現代歌人協会会員となる。

平成4年（一九九二）　40歳
三月、第二歌集『ヘルガの裸身』（花神社）刊。

平成6年（一九九四）　42歳
大西民子より北本市短歌会「せせらぎ」の講師（二〇〇五まで）を引き継ぐ。超結社勉強会「十月会」の会員となる（二〇〇五退会）。

平成7年（一九九五）　43歳
一月、父、木村正治死去。七月、アメリカ（ワシントン・ニューヨーク）旅行。半身麻痺の母と同居し介護が始まる。

平成8年（一九九六）　44歳
四月、フェリス女学院大学非常勤講師となる。埼玉歌人会理事（二〇〇五まで）となる。

平成9年（一九九七）　45歳
タイ（バンコク）旅行。

平成10年（一九九八）　46歳
四月、フェリス女学院大学オープンカレッジに短歌講座開設、担当する。ヴェトナム（ホーチミン・ミト）旅行。

平成11年（一九九九）　47歳
現代歌人協会主催日中文化交流（団長、篠弘）に参加、中国（北京・西安）旅行。

平成12年（二〇〇〇）　48歳
一月、「音」短歌会を退会（退会まで運営委員）。八月、カンボジア（シェリムアップ）旅行。

平成13年（二〇〇一）　49歳
八月、カンボジア（シェリムアップ・プノンペン）旅行。十一月、「音」の会員中心の勉強会「古月の会」を改め「冽の会」とし冊子「冽」を創刊（二〇一二まで）。十二月、第三歌集『白昼』（砂子屋書房）刊。

平成14年（二〇〇二）　50歳
八月、短歌ユニット［ＢＬＥＮＤ］を結成し、冊子「BLEND」を創刊。『富小路禎子の歌』（雁書館）刊。東京都教育会館にて『白昼』批評会。この年より花山多佳子の呼びかけで森岡貞香宅にて「年表の会」を始める。

平成15年（二〇〇三）　51歳

日本文藝家協会会員となる。埼玉文芸家集団が発足し、会報委員となる。沖縄（本島中心に四回）へ旅行。

平成16年（二〇〇四）　52歳

八月、「短歌人」の台湾大会に参加。この年、沖縄（本島・石垣旅行・奄美・加計呂麻など）旅行。沖縄学研究所の琉歌研究会を聴講、外間守善先生に出会う。

平成17年（二〇〇五）　53歳

三月、第四歌集『渇水期』（砂子屋書房）刊。加計呂麻島旅行。十二月、『樋口一葉和歌集』（ちくま文庫）刊。

平成18年（二〇〇六）　54歳

四月、「まひる野」に再入会。短歌ユニット「BLEND」解散。九月、フィリピン（マニラ・コレヒドール島・セブ島）旅行。現代歌人協会主催日中文化交流（団長、水野昌雄）に参加し中国東北部（北京・哈爾濱・長春・瀋陽・大連）旅行。墨田区ユートリヤ区民短歌講座（のちに「短歌もぐら」）講師となる。

平成19年（二〇〇七）　55歳

三月、沖縄（那覇・慶良間諸島）旅行。四月、早稲田大学教育学部非常勤講師（当年前期のみ）。この年、「どんぐりの会」発足し講師。「山の上読書会」始める。

平成20年（二〇〇八）　56歳

一月、母、木村佐知子死去。四月、『今井恵子歌集』（砂子屋書房現代短歌文庫）刊。十月、「求められる現代の言葉」にて第二十六回短歌研究評論賞。十一月、「テレジンを考える会」で、プラハ・クラクフ・ワルシャワ（アウシュビッツ・テレジンほか）旅行（団長、野村路子）。この年より三年間、東京言語研究所で認知言語学の講座を受講。

平成21年（二〇〇九）　57歳

八月、『女性短歌評論年表』（監修、森岡貞香）の刊行を受けてシンポジウム第一回「今、読み直す戦後短歌」（六回まで、順次「短歌研究」に収録）。九月、韓国（ソウル・板門店）旅行。

平成22年（二〇一〇）　58歳
三月、坂戸市「中島歌子の会」にて講演（演題「歌子は一葉に何を教えたか」）。四月、「まひる野の歌集を読む会」を発足させる。五月、明治神宮短歌大会にて「富小路禎子の歌」講演。十二月、長女結婚。

平成23年（二〇一一）　59歳
三月、『日本のうた』（共著、翰林書房）刊。四月、池袋西武コミュニティカレッジ講師となる。五月、鴻巣短歌会の講師となる。九月、第五歌集『やわらかに曇る冬の日』（北冬舎）刊。十一月、「左岸の会」発足に参加。

平成24年（二〇一二）　60歳
四月、アルカディア市谷にて『やわらかに曇る冬の日』批評会。九月、シンポジウム「今、読み直す戦後短歌」第六回をもって終了。六回のシンポジウムで、女歌を考察しながら「和文脈」という概念を思考、現在なお概念構築の途次にある。十二月、「冽の会」解散。

平成25年（二〇一三）　61歳
四月「北冬」十四号「今井恵子責任編集」に『やわらかに曇る冬の日』批評会のサマリーを収録。九月、早稲田大学教育学部非常勤講師（当年後期のみ）。

平成26年（二〇一四）　62歳
四月より「まひる野」編集委員。

本書は昭和五十九年不識書院より刊行されました

歌集　分散和音　〈第１歌集文庫〉

平成28年11月１日　初版発行

著　者　今　井　恵　子
発行人　道　具　武　志
印　刷　㈱キャップス
発行所　**現代短歌社**

〒113-0033　東京都文京区本郷1-35-26
振替口座　00160-5-290969
電　　話　03（5804）7100

定価720円（本体667円＋税）
ISBN978-4-86534-193-5　C0192　¥667E